图书在版编目（CIP）数据

在黑煤山上玩的时候 /（日）石川惠理子文、图；唐亚明译 . — 南京：江苏凤凰少年儿童出版社，2023.7
ISBN 978-7-5584-2807-4

Ⅰ.①在… Ⅱ.①石… ②唐… Ⅲ.①儿童故事 – 图画故事 – 日本 – 现代 Ⅳ.① I313.85

中国版本图书馆 CIP 数据核字 (2022) 第 106181 号

MEMORY OF CHILDHOOD IN MINER'S TOWN
Text and Illustrations by Eriko Ishikawa 2014

Originally published by Fukuinkan Shoten Publishers, Inc., Tokyo, Japan, in 2014
under the title of " BOTAYAMADEASONDAKORO "
The Simplified Chinese character edition publication rights arranged with Fukuinkan
Shoten Publishers, Inc., Tokyo through Bardon-Chinese Media Agency
Simplified Chinese edition copyright @ 2023 by Phoenix Juvenile and Children's
Publishing Ltd. in association with MoveableType Legacy(Beijing) Co., Ltd. and
Oriental Babies & Kids Ltd.
All rights reserved.

版权合同登记号 图字: 10-2023-221 号

在黑煤山上玩的时候
ZAI HEIMEISHAN SHANG WAN DE SHIHOU

〔日〕石川惠理子 文 / 图　唐亚明 译

策　　划　东方娃娃 小活字图话书
特约策划　唐亚明
责任编辑　袁媛
特约编辑　王子豹
美术编辑　闫飞
特约美编　卜凡
责任校对　秦潇
责任印制　吴昊
出版发行　江苏凤凰少年儿童出版社
地　　址　南京市湖南路 1 号 A 楼，邮编：210009
全国销售　江苏《东方娃娃》期刊有限公司
地　　址　南京市玄武区高楼门 60 号
电　　话　025-83609272 83221239
图书网络专营店　https://dfwwts.tmall.com
印　　刷　南京新世纪联盟印务有限公司
开　　本　889 毫米 ×1194 毫米 1/16
印　　张　3　字　数　36 千字
版　　次　2023 年 7 月第 1 版
印　　次　2023 年 7 月第 1 次印刷
书　　号　ISBN 978-7-5584-2807-4
定　　价　49.80 元

在黑煤山上玩的时候

〔日〕**石川惠理子** 文/图　　　**唐亚明** 译

江苏凤凰少年儿童出版社

我出生在煤炭之乡。

爸爸在矿井工作。

我家烧水做饭都用煤。

家里的煤快用完时，

爸爸就借来小卡车，

拉回满满的一车煤。

爷爷、姐姐、弟弟和我，

一齐往院子里搬。

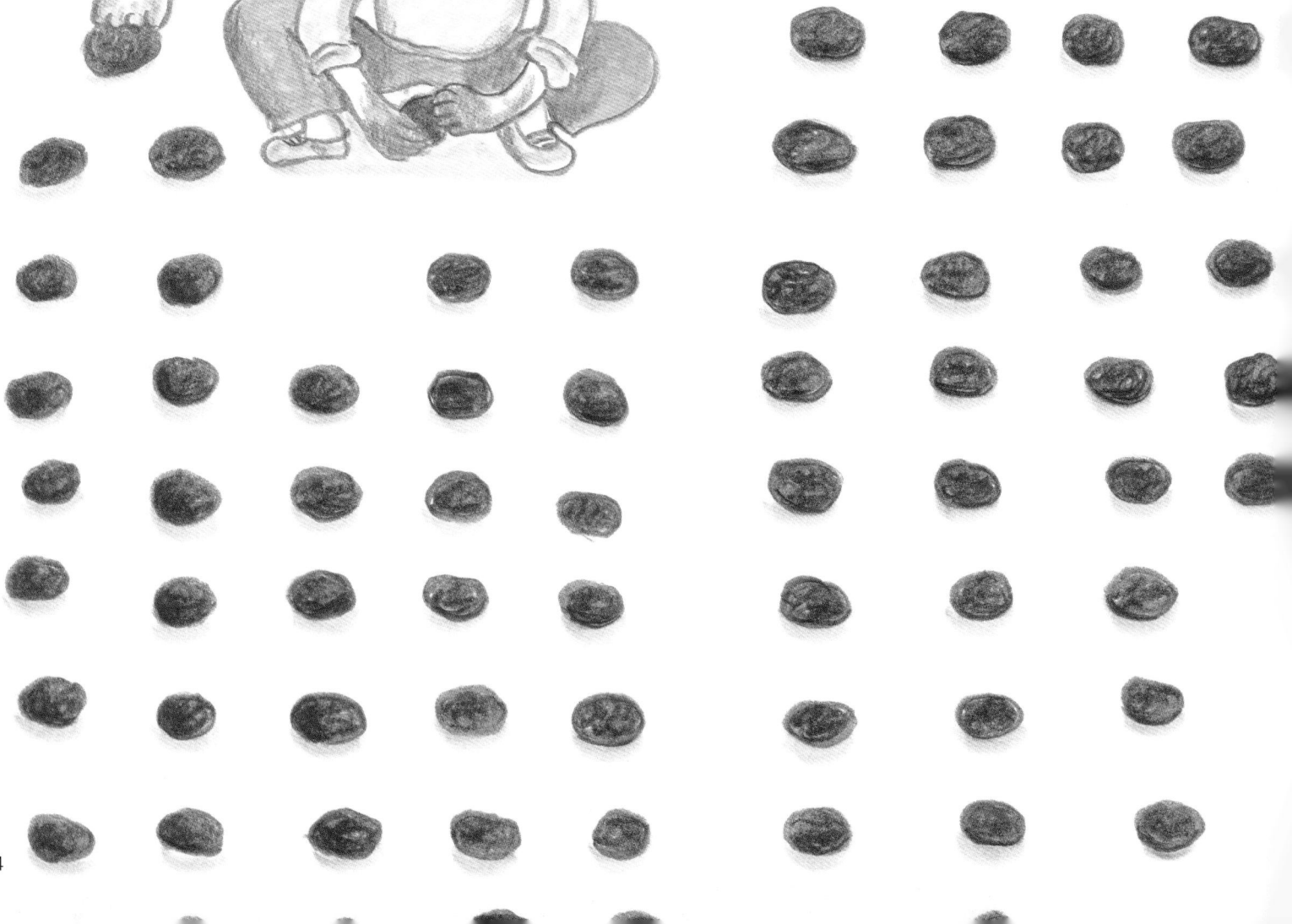

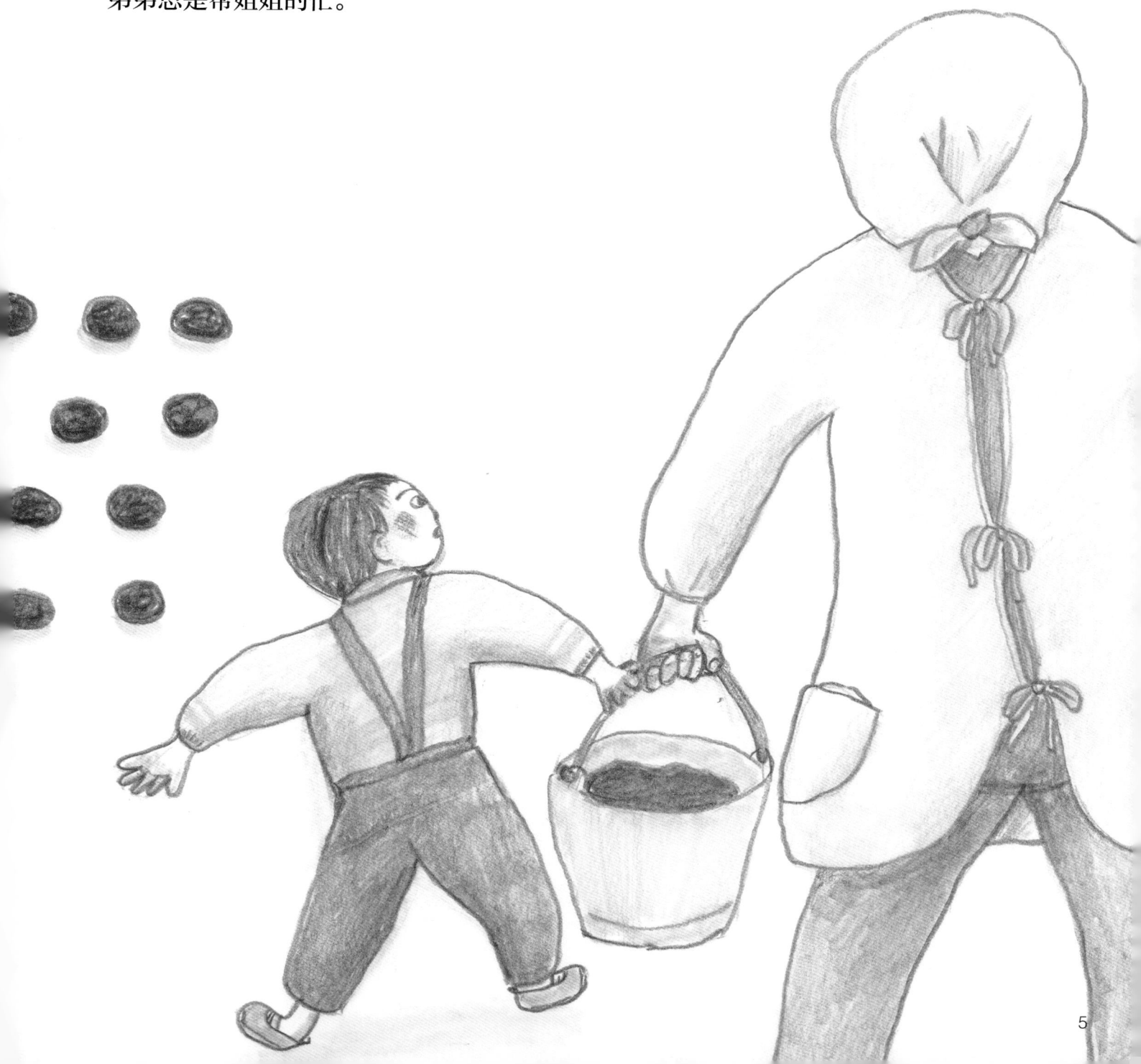

我们还全家出动做煤饼。

把煤粉放到桶里，和上水，

然后用手捏成烧饼的形状。

煤饼整齐地摆在太阳下，好大的一片。

每次我和姐姐比赛谁做得快，

弟弟总是帮姐姐的忙。

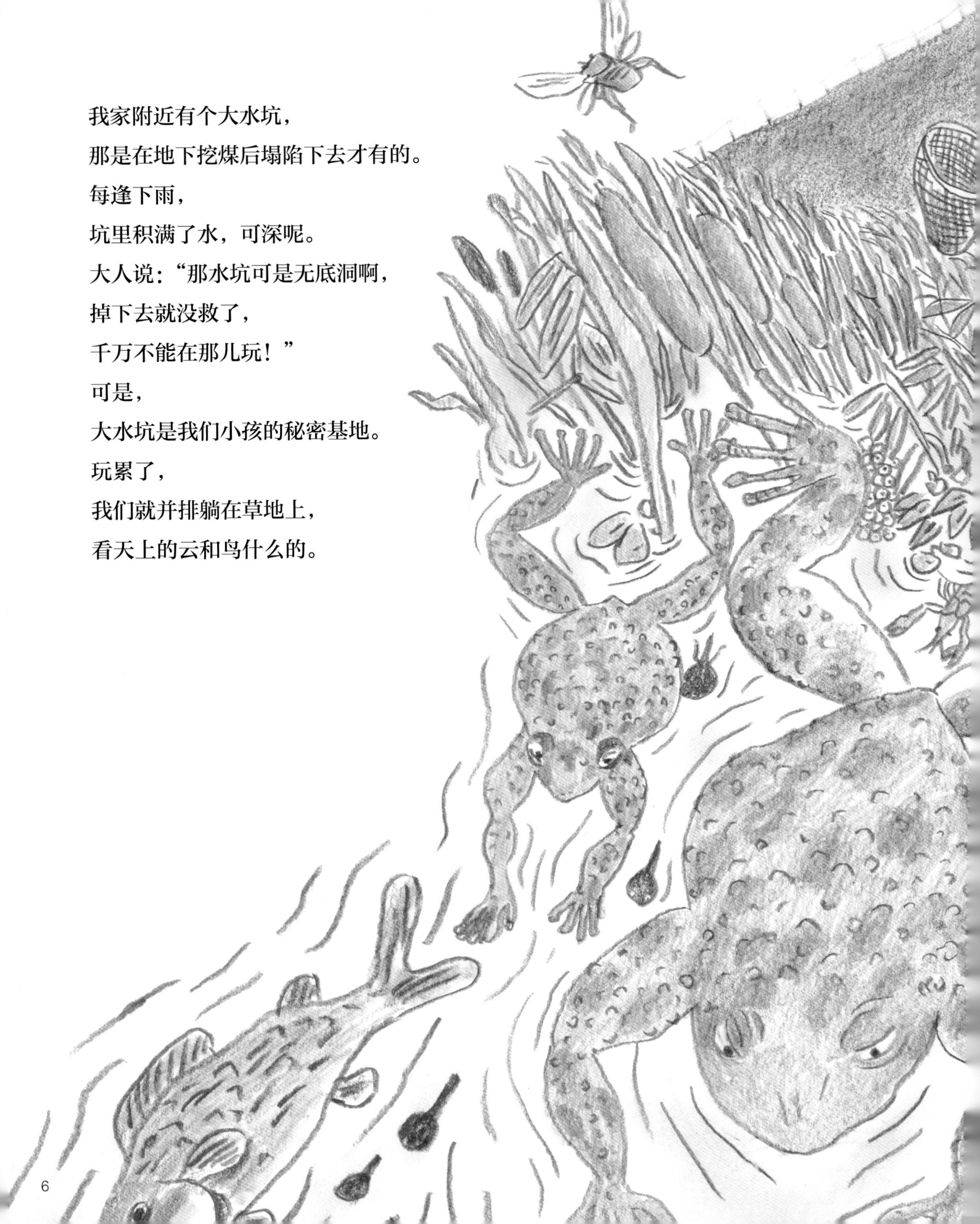

我家附近有个大水坑，

那是在地下挖煤后塌陷下去才有的。

每逢下雨，

坑里积满了水，可深呢。

大人说："那水坑可是无底洞啊，

掉下去就没救了，

千万不能在那儿玩！"

可是，

大水坑是我们小孩的秘密基地。

玩累了，

我们就并排躺在草地上，

看天上的云和鸟什么的。

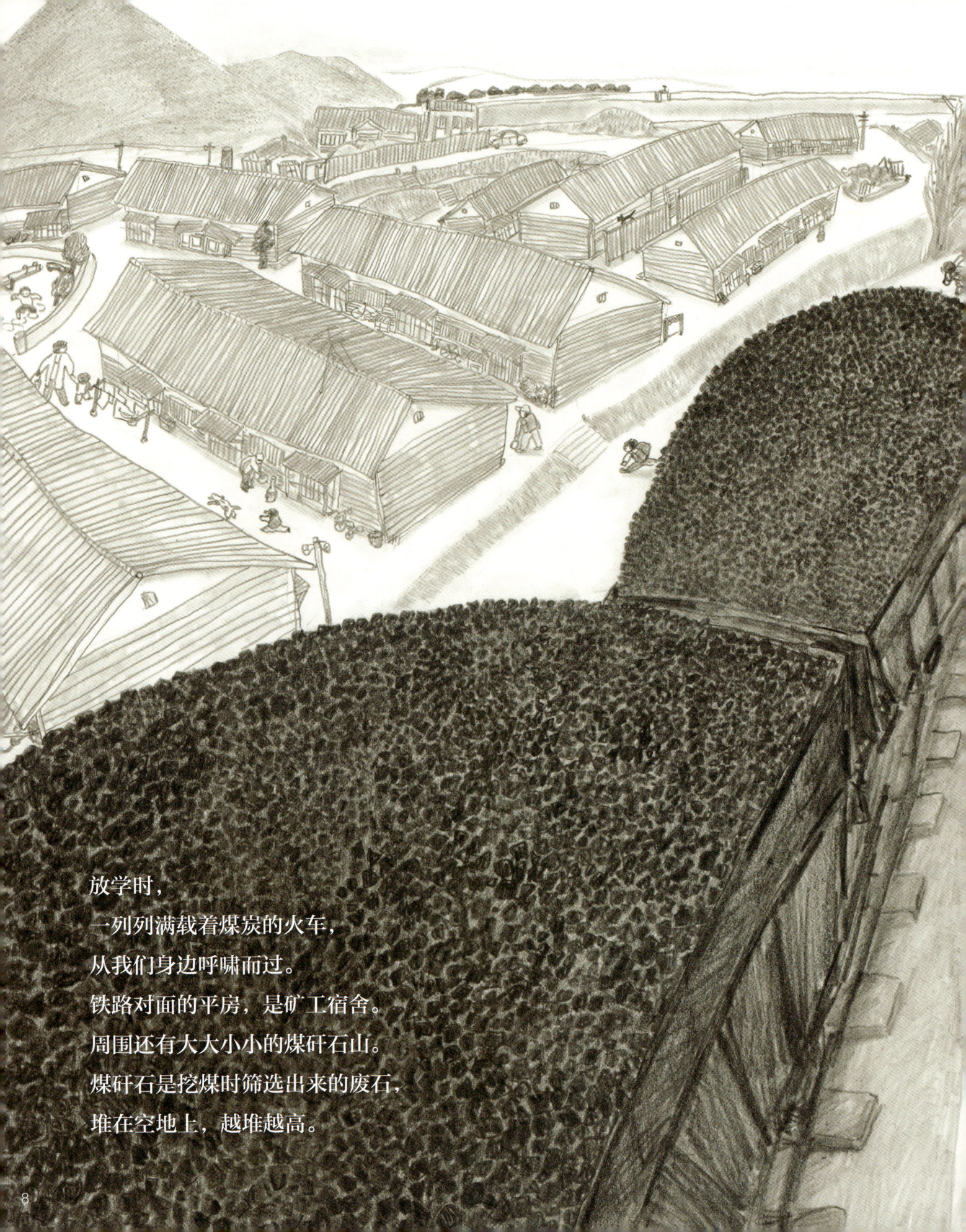

放学时，
一列列满载着煤炭的火车，
从我们身边呼啸而过。
铁路对面的平房，是矿工宿舍。
周围还有大大小小的煤矸石山。
煤矸石是挖煤时筛选出来的废石，
堆在空地上，越堆越高。

煤矸石里面，掺杂着碎煤。

那些买不起煤的人家，

经常拿着桶或篮子来捡碎煤。

在煤山巡逻的警卫，

一发现他们就使劲吹哨，把他们撵走。

捡碎煤的人里，也有一些小孩。

放学时，看到有同学在捡碎煤，

我也不和他们打招呼，赶快跑开。

上三年级时，同桌来了个叫桂子的女孩。

在那之前，我没和她玩过。

她说话声音大，玩单杠能转好多圈，

还会倒立，会踢球。

桂子在班里特别显眼。

我放学时看到在煤山上捡碎煤的同学里，

好像就有桂子。

"尺子借我用用！"桂子指着我粉红色的尺子说。

她的声音吓了我一跳。

我看了她一眼，把尺子递给她。

"多谢啦，我还没买尺子呢。"桂子的脸通红。

她笑了："我的脸蛋像红苹果吧？"

的确，桂子的脸看起来像红苹果。

"咱们放学后一起玩吧！"

我在三年级交的第一个好朋友就是桂子。

"咱们去爬煤山好吗？
从山顶上往下看，可好看呢！"
桂子拉住我的手说。
高高的煤山，经常滑坡塌方，
甚至压垮过煤山旁边的矿工宿舍。
山上有时还冒烟起火，有时连整座山都着起大火。
"咱们被警卫抓住怎么办？"
"没事，那边我熟。"
桂子噌噌噌爬得很快，我慌忙跟在她后面。

脚一踩，煤矸石就往下滑，一不小心就会摔倒。

桂子不时回头看看我，然后又噌噌噌地往上爬。

快到山顶了，她伸出手来拉了我一把。

从山顶往下看，房子、学校、公园都变得很小。

一阵风吹来，掀起了我们的短裙。

我们慌忙按住，互相对视，大笑起来，想停都停不住。

桂子家旁边有一条河，
河水黑黑的，
我们叫它"黑泥河"。
冲洗煤炭的水，
带着煤粉、煤渣流到河里，
河水就变成了黑色。
架在黑泥河上的桥旁，
有六个大水泥墩。
桂子和附近的小孩，
在水泥墩上跳来跳去。
我只敢在桥上看他们玩。

桂子对我说："你来我家玩吧。"

她第一次请我去她家。

一天，我走到桂子家门口小声叫："桂子，桂子……"

门开了，

"嘘——"桂子把食指立在嘴唇上。

"快进来！我爸爸睡觉呢。"

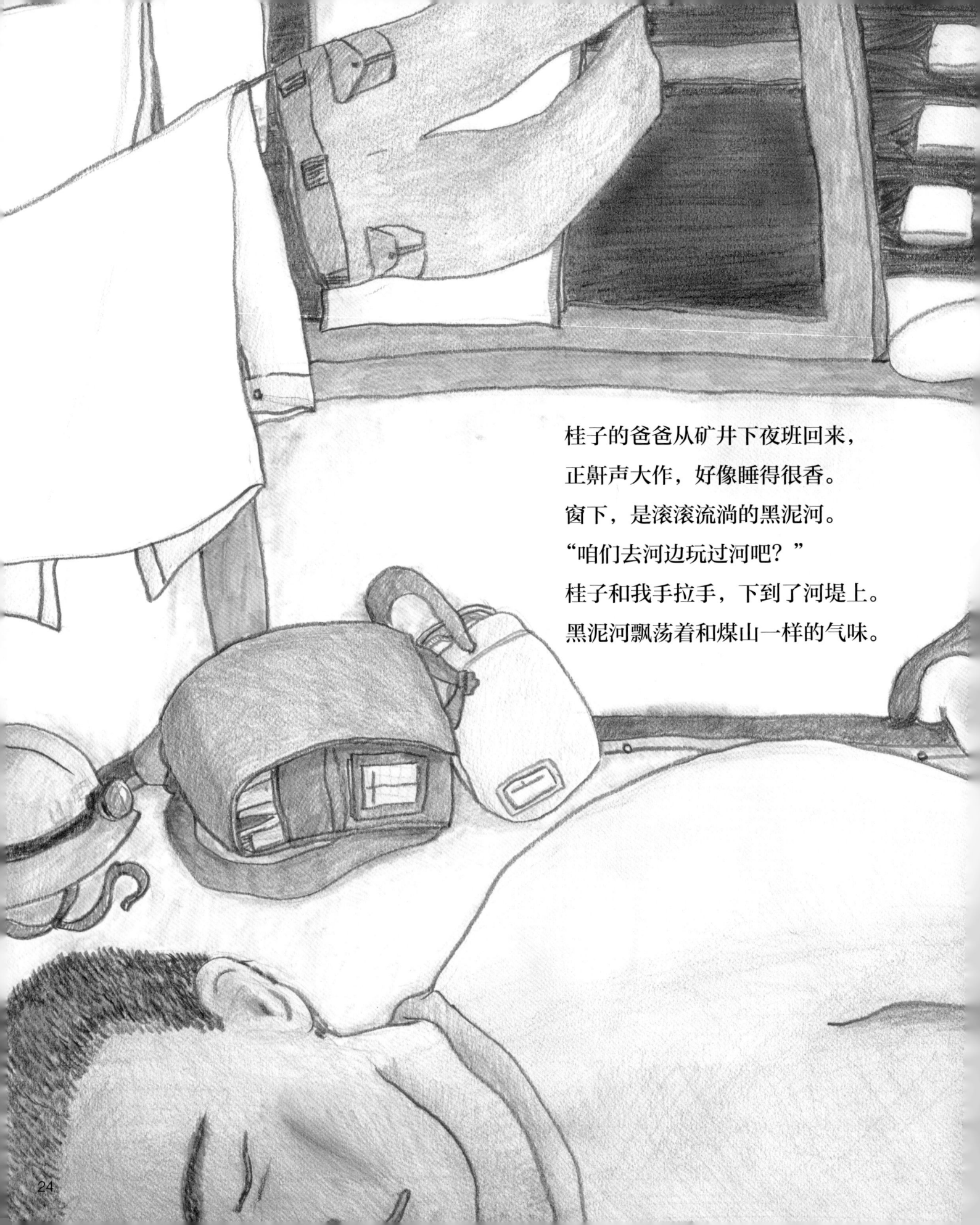

桂子的爸爸从矿井下夜班回来，
正鼾声大作，好像睡得很香。
窗下，是滚滚流淌的黑泥河。
"咱们去河边玩过河吧？"
桂子和我手拉手，下到了河堤上。
黑泥河飘荡着和煤山一样的气味。

脚下的黑泥河，水流湍急，
黑色的波浪翻滚向前。
我突然两腿发软，动弹不得。
我想起了妈妈叮嘱的话：
"要是掉在黑泥河里，水里一片漆黑，
上哪儿找去？肯定没救啦！"
桂子噌的一下，就跳到了第二个水泥墩上。
"没事！跳过来！"
"你盯着水泥墩看，千万别往河里看！"
"我数一、二、三，你就跳啊！"
桂子大声叫我，好像在生气。
我紧闭双眼，在心里喊道：
"跳！"

"惠理子，快跳！""跳啦！"

桂子的喊声和我的喊声重叠在一起，

比滚滚向前的河流声还大。

我使劲向前迈出的脚，跨过了河流，落在了水泥墩上。

"你跳过来啦！"

"跳过来啦！跳过来啦！"

桂子在水泥墩上雀跃。

我终于喘了一大口气。

桂子又跳到了第三个水泥墩上。

她转身冲着我得意地笑了一下。

"你快跳过来！"

等我跳到第二个水泥墩上时，

桂子又一步跳到了第四个水泥墩上。

我俩在六个水泥墩上跳来蹦去，
"一、二、三、四、五、六！"
好像就这么能跳到天上去呢。

上算术课时，我用粉红色的尺子在本子上画完线，就递给了桂子。

"你用吧。"

"谢谢！"桂子接过了尺子，脸又红了。

她用尺子在本子上慢慢地画线。

突然，轰隆隆隆，轰隆隆隆，天空传来了刺耳的响声。

"怎么了？""出什么事啦？"

大家慌忙拥到窗边看。

天上飞着直升机，我从来没有见过这么多的直升机。

所有直升机都朝着矿井的方向飞去。

"大家回到自己的座位上！"

老师的话音刚落，就响起了矿井的警报。

教室突然安静下来。我看了一眼桂子，桂子也看了我一眼。

校工松尾从办公室跑出来，

他脸色苍白，在地板上咚咚咚地跑。

他把一张纸递给了老师，小声说着什么。

老师轻声对我们说：

"现在被叫到的同学，马上收拾好东西，

到楼道排队。"

老师叫了桂子的名字。

桂子把桌上摊开的算术书、本子和尺子，

稀里哗啦一股脑儿划拉进书包。

我向窗外望去，有几个同学正朝校门跑去，

桂子也在其中。

她慌慌张张地跑着，忘了扣上书包，

书包盖一扇一扇的。

新闻广播不停地播放着矿井事故。

晚饭时，全家人一声不吭，边吃边看电视。

第二天，第三天，电视和报纸都在报道这次事故。

每天，爸爸疲惫不堪地回到家里。

桂子有好几天没来学校了，我旁边的座位一直空着。

"我去桂子家看看吧。"放学后，我没回家，径直去了桂子家。

从桥上往下看，没有人在河边玩。

"桂子！桂子！"我叫了好多遍，没人回答，也没人出来。

四周一片沉寂。

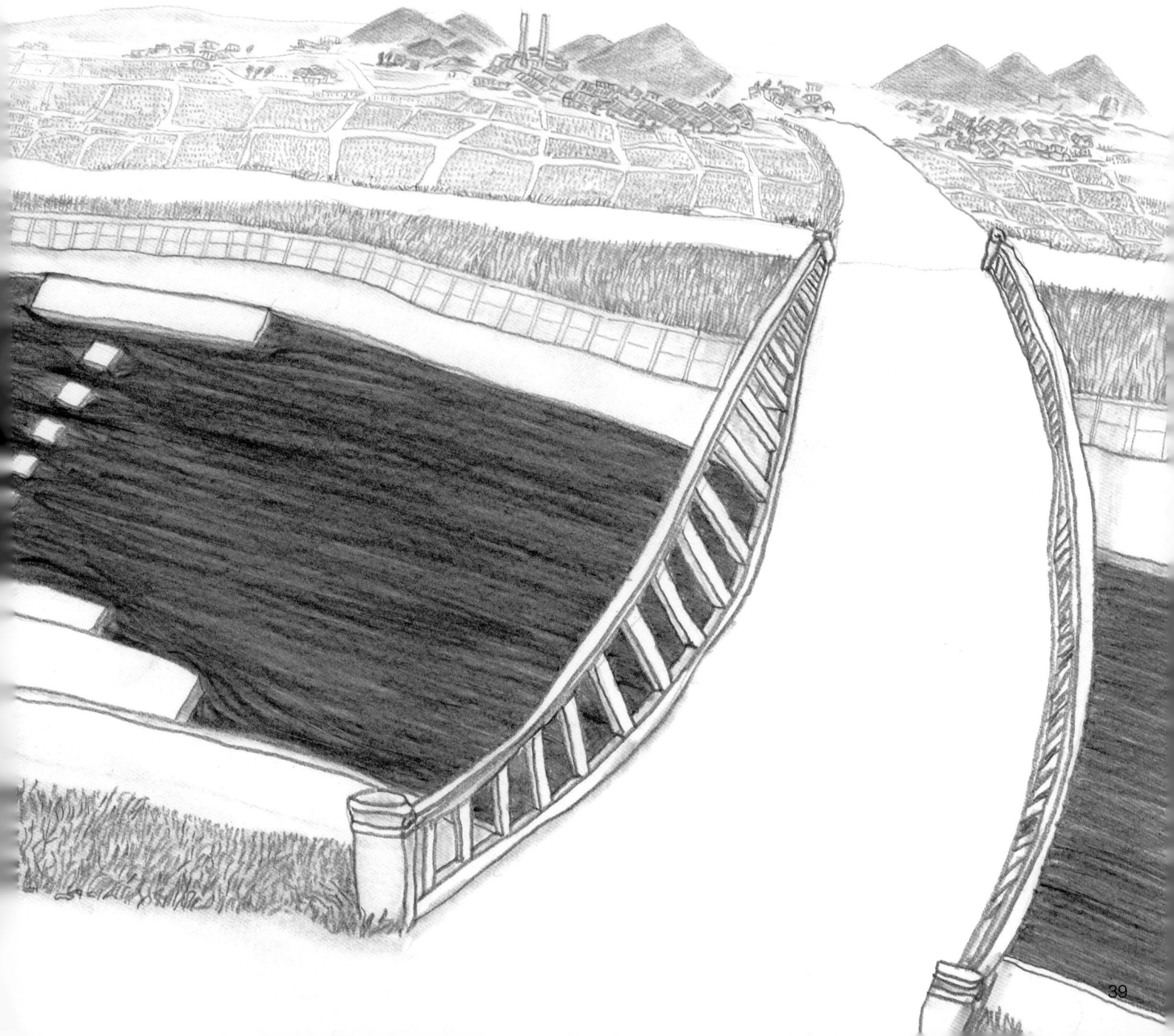

我们都换上短袖了。

学校从明天开始放暑假。

放学回家后，我看到桌上放着一个大信封。

是桂子的信！

我赶忙拆开信封，里面有一封信和我那粉红色的尺子。

桂子在信里写了她转学的事，

还写了她和新同学在一起高兴的事。

信的最后写道：

"谢谢你借给我尺子。我忘了还给你，真对不起！——桂子"

我把粉红色的尺子对着白云照着看，

似乎又看到了桂子的红脸蛋。

桂子，我现在也很好，你别担心啊！

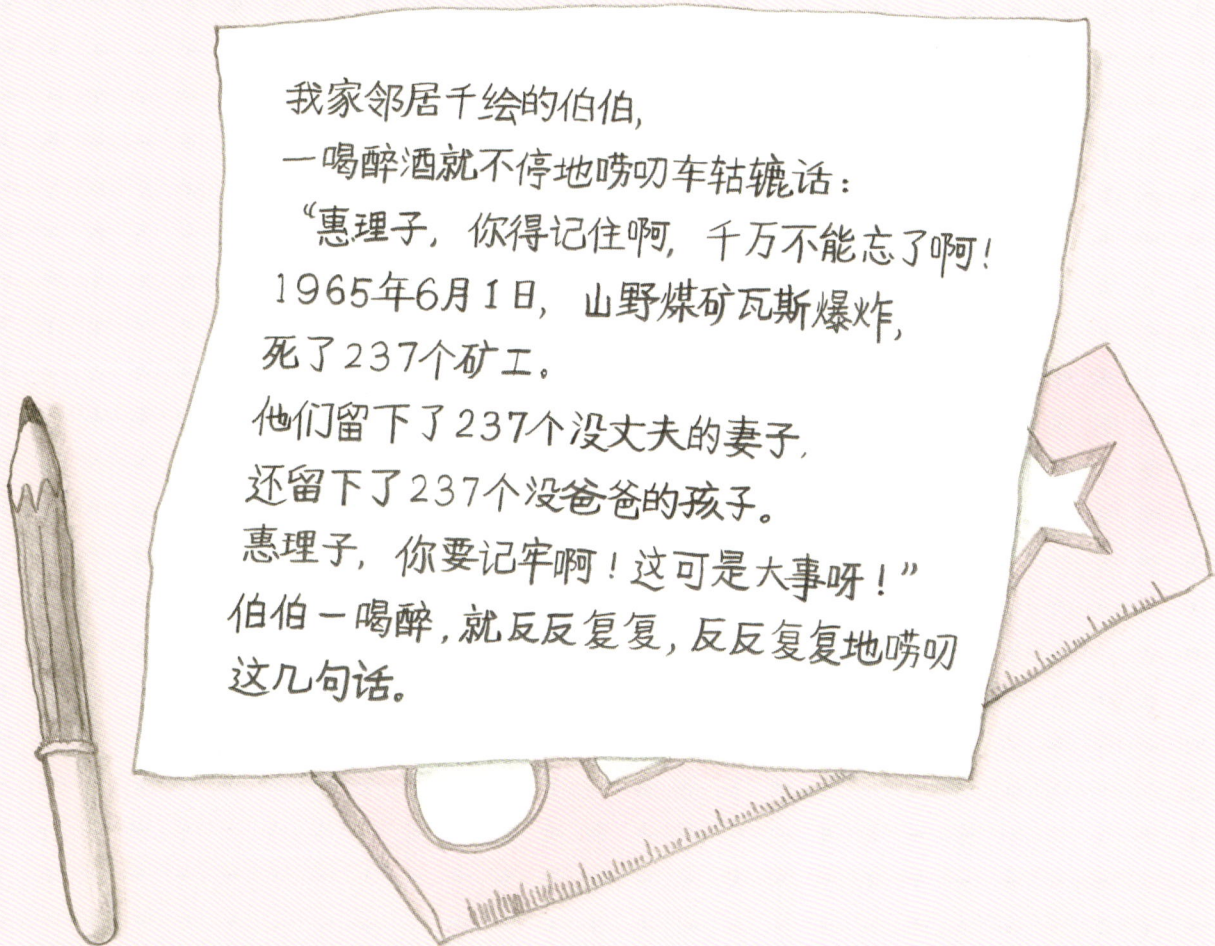

我家邻居千绘的伯伯，

一喝醉酒就不停地唠叨车轱辘话：

"惠理子，你得记住啊，千万不能忘了啊！

1965年6月1日，山野煤矿瓦斯爆炸，

死了237个矿工。

他们留下了237个没丈夫的妻子，

还留下了237个没爸爸的孩子。

惠理子，你要记牢啊！这可是大事呀！"

伯伯一喝醉，就反反复复，反反复复地唠叨

这几句话。

【作者介绍】

石川惠理子（Eriko Ishikawa）

　　绘本画家。出生于日本福冈县嘉麻市，现居东京。从小看画家爷爷绘画，自己也学着涂鸦。在九州造型短大设计系毕业后，读研学习图画书创作。在福冈市、静冈市、仙台市等地的广告公司工作过，后为自由插图画家。她不仅创作图画书、儿童读物插图，还为成人书籍、杂志、广告等绘画。本作品描写了她的亲身经历，被当时日本福音馆书店童书编辑唐亚明看中并编辑成书，成为她正式出版的第一本图画书，并于2015年获第46届讲谈社出版文化奖绘本奖。

【译者介绍】

唐亚明（Tang Yaming）

　　资深绘本编辑、作家、翻译家，出生于北京，毕业于早稻田大学和东京大学研究生院。1983年应"日本绘本之父"松居直邀请，进入日本著名的少儿出版社福音馆书店，成为日本出版界第一位外籍正式编辑，一直活跃在童书编辑的第一线，编辑了大量优秀的绘本并获得各种奖项。主要著作有小说《翡翠露》（获第8届开高健文学奖励奖）、绘本《哪吒与龙王》（获第22届讲谈社出版文化奖绘本奖）、绘本《西游记》（获第48届产经儿童出版文化奖）等。曾作为亚洲代表，任意大利博洛尼亚国际童书展评委，并任日本国际儿童图书评议会（JBBY）理事。现在东洋大学和上智大学任教，任日本华侨华人文学艺术界联合会名誉会长，全日本华侨华人中国和平统一促进会会长。他为中日两国读者翻译和创作了许多童书作品。